U1019540

风在低语

王跃强◎著

黄河出版传媒集团
宁夏人民出版社

图书在版编目（CIP）数据

风在低语 / 王跃强 著．—银川：宁夏人民出版社，2017.6

ISBN 978－7－227－06688－0

Ⅰ．①风… Ⅱ．①王… Ⅲ．①诗集—中国—当代 Ⅳ．①I227

中国版本图书馆 CIP 数据核字（2017）第 168491 号

风在低语 王跃强 **著**

责任编辑 杨敏媛
封面设计 王 稳
责任印制 肖 艳

黄河出版传媒集团 宁夏人民出版社 出版发行

出 版 人 王杨宝
地 址 宁夏银川市北京东路 139 号出版大厦（750001）
网 址 http：//www.nxpph.com http：//www.yrpubm.com
网上书店 http：//shop126547358.taobao.com http：//www.hh-book.com
电子信箱 nxrmcbs@126.com renminshe@yrpubm.com
邮购电话 0951－5019391 5052104
经 销 全国新华书店
印刷装订 四川金邦印务有限公司
印刷委托书号 （宁）0005632

开本 880mm×1230mm 1/32
印张 6 字数 150 千字
版次 2017 年 8 月第 1 版
印次 2017 年 8 月第 1 次印刷
书号 ISBN 978－7－227－06688－0
定价 36.00 元

版权所有 侵权必究

·序·

诗歌，是诗人身体之外的精神容器

黎　阳

这个时代从来不缺乏用文字表达自我的诗人。很多时候，诗人都是在与文字对话，在与心灵对白。一个愿意把心情交付给文字的诗人，是孤独的！

第一次和王跃强通电话的时候，他反复强调着自己是北方人。其实对于一个编辑，无论作者是哪里人都不重要，因为我敬畏的是文字。这个电话通了接近三十分钟。这三十分钟我确定了两件事：一个王跃强是一个归来者，早年写过大量作品，并且在当时的诗坛有足够的影响力；二一个，他属虎，比我大一轮。

其实这些足够了，了解一个人，无需去了解过多的内容。只要是写过诗歌的人或者热爱过诗歌的人，都应当值得尊重的，对诗人的尊重就是对诗歌的尊重，也就是对缪斯之神和对文化的一种尊重。因为我相信，一个写诗的人，他总是向善、从真和至美的，他的内心是辽阔而明亮的。

在选编这本集子的过程中，我一直在寻找一个属于诗人的个性符号。这是一本诗集的重点，也是一个诗人的一种意志。在寻找的过程中，我发现作为诗人的王跃强对文字的忠诚和执拗，甚至看得出诗人在写作过程中的兴奋与忐忑。

为了这本集子的顺利出版，王跃强特意赶到成都，就出版事宜进行协商。这样我更真切地验证了内心的想法。他是一个把生命都交给文字的诗人，他的外表儒雅，内心谦卑，处处与人为善。

诗歌，是诗人身体之外的精神容器。

这本诗集，更是王跃强几十年风雨的见证。岁月都飘散在逝去的红尘之中，而诗歌落在纸上，人生也都落在了纸上。

我们把整个人生都托付给了文字，这就足够了！

所有的文字在这里，所有的呢喃都在这里，有风吹来，诗歌的天空。

目　录

第二辑　日出日落，是我一生的行走

第三辑　今夜，所有的花朵睡不着觉

第四辑　天上人间

第五辑　春天之外还有春天

第一辑

我确信声音是有光的

我的名字叫二小

我的名字叫二小
独一无二的二，不大不小的小
爸爸叫我二小，妈妈叫我二小
还有你，叫我二小
二小是我的乳名，也是我的符号
二小看过闪电中狰狞的黑夜
二小看过暴雨后醒来的黎明
二小知道做人要善，写诗要蓝
二小历经寒冷依然翘望着
那尚未到来的春天
二小见过许多的诞生和死亡
依然相信每天正在减少的幸福会出现
二小知道忠诚，二小知道背叛，二小相信会有真正的爱情，让你一见倾心
二小要把颂歌唱到最后，二小要继续谦卑
二小要把每个小小的失败变作伟大的教训

我的名字叫二小

说一不二的二，能大能小的小
亲人叫我二小，爱人叫我二小
二小有时浩大，二小有时渺小
二小疼痛时泪水会笑，二小寂寞时地动山摇
这就是二小，爸爸的二小
妈妈的二小，你的二小
我自己的二小

我写我的手

我的手，有时是花瓣，有时是闪电
我的手，爸爸牵过，妈妈牵过
爱我的你，也牵过，我的手
不薄也不厚，不胖也不瘦
我的手，挖土时是铁铸的斗
写诗时是宋词的柔
我的手，翻时不是云，覆时不是雨
我的手，握过疼痛的酒杯
也点燃过初恋的蜡烛
我的手，不知道什么是风，什么是雨
什么是爱情，什么是墓地
我的手，伸直时是大于乾坤的路
握紧时是没有泪水的拳头
我写我的手，它能摸到我的甜，我的苦，我的喜，我的愁
我的手，白天为黑夜坚守
黑夜为梦境分忧
我的手，能回忆昨天
也能叩问未来，我的手

能为时光长出粗硬的茧
也能为诗歌提炼出洁白的盐
我掌心握着生命、爱情和金钱
这些纹路，阴霾时细雨绵绵
晴朗时歌舞翩翩
深深浅浅，能把我眼中的风景改写三遍
我的手，也许比春风暖，也许比雪水寒
我的手，从不把心脏旁边的大山当做困难
从不把转身当做离别的车站
我的手，硬时是骨，柔时是绸

我的手，爸爸牵过，妈妈牵过
爱我的你，也牵过
我的手，有时热烈，有时孤单
有时暗淡，有时灿烂
我的手，不想在落叶中寻找秋天
只想在桃花里绽放誓言

千万别说我想起了你

我总是在黑夜里努力地想
有时把一切尽量想白
有时又把一切尽量想黑
我总是把你想成是我的
为此，我一直羞涩不已
悄悄写下这些文字
亲亲，想起这些文字我就脸红
手中的烟头忽明忽暗，像记忆的乱
亲亲，我写下这些文字
写下了一场爱能走过的时间
从一个城市写到另一个城市
我不停地惦念天气忽然转凉
不停地在梦境里寻找你打开的那扇窗
亲亲，当你读到这些文字
千万别着急，千万别说我想起了你

我站在夜的对面

深夜，我坐在
很沉的黑色中，以月作杯
我发现诗歌，被我喝得透亮
这是梦最清醒的时刻
门外，风吹的时间哗哗作响
这时，我就站在夜的对面
我热烈目光，摇摇晃晃
不知道为谁长发上的清香
寻找纯洁的理由和方向
但今夜，我注定在文字的落叶中
细数哀伤，寸断柔肠
夜，像我的笔，好细好长
更像我的背影，好深好凉
我在听不见温暖的心跳里
把一个人的名字装上翅膀
反复地飞，反复地想
我害怕黑夜遮盖了爱情
我害怕痛苦在露珠里

秘密的疯长，我想幸福总该
亮过黑暗，我想快乐总该
大过太阳，要不然
我的喉咙怎么阵阵发痒
忍不住想面对黎明
大声歌唱？

我的爱是闪电

亲爱的，我的爱不是风不是云
不是草原的马背更不是蜜蜂眼中的花蕊
我的爱是想说不能说，想做无法做
我的爱是露珠眨眼的那一瞬
我的爱是酒杯破碎的这一刻
我的爱有时大气得像天空
有时卑微得像尘埃
但更多的时候我的爱是闪电
是雷霆万钧前的宣言，我的爱细长明亮
有时把黑夜分成两半
有时把白天缝成一片
亲爱的，闪电永远单眼皮一样的帅
如果这个夏天有雷声来临
你一定要看看天，如果有闪电
那就是我在暴风雨前的出现

但我还是要白

这些年，我有时白得像雪
有时白得像云，有时
白得像月，像纸，像池塘里
孤单的荷花，用白
守着身下一节一节的
果实、寂静和蛙鸣
为了这些白，我潜在一个词的底部
不分昼夜地想，不分昼夜地量
我看见每一个经过我的人，都有
一张难辨的脸，我看见有些事
正在行走中变味，我看见有些人
正在阳光下发霉

但我还是要白，白得干净
白得彻底，白得比纸上的寓言白
白得比闪电的速度快
白得天空忘记夜，白得伤口忘记血
我真的要白，白得干脆

白得持久，白得谎言无法掩盖
白得锈锁自己打开

这些年，我努力地白
使劲地白，我把那一堆堆看得见的脏
和看不见的黑，用拳头击碎
我白得光荣，我白得高贵
我白得让地狱的天堂门前
下跪，忏悔

我在春天回望冬天

春天来的时候，我反复地想
我是把手插在花的笑容里
还是留在茫茫大雪中？
是把御寒的围巾
挂在冬天的肩膀上，还是
把它拉直，铺成一条温暖的路
宽畅，向阳？

春天来了，春天真的
潇潇洒洒的来了，我转身回望
那冬，是一个梦，冰凉
被黑夜无限放大，无限拉长
那冬，寒风裹着冰霜，像针，像刀
刺痛我的诗歌，我的善良
那些垃圾一样的事，那些废品
一样的人，摇摇晃晃，怎么也
不会撞到一段好时光

我在春天把冬天回望
左边是鸟语，右边是花香
我用春风修改自己
我用明亮比喻前方
如果可能，我就把爱情
扎成一束鲜艳的花，把幸福
串成一句滚烫的话，如果可能
我还要在胸膛上凿出一扇窗
让心跳的地方，永远
没有黑暗，只有阳光

我的词语来自夜空

我的词语来自夜空
它们善良的天性
让夜比白天明净，比月光透明
我的词语爱着义无反顾的流星
爱着为黑夜不倦歌唱的夜莺
爱着两个，相互照亮的萤火虫
我的词语不想惊动夜里的风
只是静静地看着
夜来香用怎样的姿势把自己绽放
更多的时候，我的词语是一群洁白的鸽子
翅膀上带着星星的光
它们悄悄地飞到我窗前
让我梦里想好的诗句
天亮前修改了黑色的忧郁和空洞

如果我要强大

如果我要强大
就必须学习蚂蚁，日夜兼程
把一座座大山搬到海边看日出
就必须学习闪电，赶在雷声炸响前
把厚厚的黑夜劈成两半
就必须把自己的骨头洗净放进熔炉
反复的升温、加压
冶炼成风吹不朽、水浸不腐的稀有金属
就必须学习匠人，用柔软的文字
搭建出灵魂深处不倒的金字塔
就必须收集一滴滴的泪水
用微笑，熬制出粒粒含钙丰富的盐
就必须把拳头举得高过头颅
早上和太阳一起升起
夜里和星星悄悄对话

我的身体是我一生的客栈

我的身体是我一生的客栈
它并不筑造在群山里，也不安放在波涛边
它随着我的一生
行走

春江花月夜，身体里来了很多客人
他们，饮酒
品茶，抚琴，吹箫，谈情，说爱，往往醉后
把舞蹈，带到梦中

夏日，客栈的侧面荷池溢香
青蛙因爱而叫
莲一样的丽人来了，我同她在深情的清水中
结成纯洁的藕胎

待到秋风初凉，我的身体经霜
客栈移入熟透的果肉
在滂沱的泪雨之后，在簌簌而下的桂子中

在我，知晓了众多蝴蝶的生日

当大雪纷纷降临，我的客栈着上银装
新来的客人们，并不
像往事寒冷，他们也不挤向我的心边取暖
依然欢乐如驱寒的炉火

四季，年年，我身体的客栈
随着我的一生迁徙
而家，最终
在哪里，我却浑然不知

现在我专注地看山

现在我专注地看山
而不是看云
看鸟

山像先辈群列，高大，巍峨
而沉默

山的肩上，扛过成千上万吨的雷鸣电闪
若干代的暴风骤雨
坚定不移地
矗立在庄严的山顶

我心生崇敬，让仰望抬得高了一些
再高一些

灵魂有了山魂，我忽略了浅显的爱
低处的雪
哀鸣的风

夜色让我暗生怀疑

夜色让我暗生怀疑：困惑于
弦索上的蟋蟀？绞股蓝一样野合的风？
床底下的笋子？梦的底色？
地狱的面孔？哦，我明白了
让我暗生怀疑的不是夜色
而是白昼
带回的不安、劳累、猜测、恐惧和阴影

我常常在诗歌里漂泊

我常常在诗歌里漂泊，在文字里流浪
有人称我孤豹，有人呼我独狼
我不在乎这些喊叫
我真实的名字，刻在我真正的硬骨上
我只在诗歌的旅途，与大山相逢
同广漠相亲
和远道而来的美人高声欢笑，轻弹琵琶
万里爱情，满面晨曦
我愿这样，漂泊下去，永远流浪

当 我

当我爱莲花，我即成为莲花
当我爱蜻蜓
我即成为蜻蜓，当我
爱池塘如同爱镜子
我即成为池塘和镜子——清风透明
“侮辱我的人
只是把镜子擦得更亮”

我为什么要低下头颅

我从屈原的《离骚》中来
我从岳飞的《满江红》中来
我从《石灰吟》的千锤万凿中来
面对这些高山仰止的人物
我为什么要低下头颅，我为什么
不记住他们
巍峨的壮怀和幽思，峻峭的额头和眉骨
大义的峰峦和悬崖？
“痛苦会溶解在忍耐和愤怒之中”
我的泪滴
直击黑暗的深渊之底

我在星空的缝隙里认出了你

你抬头时，我正在月亮里苏醒
心上的雪
融化在月光的枝条上
一种静
冷得桂花怒放

你是银河岸边的织女
我在星空的缝隙里认出了你

我不在原路返回

我不在原路返回
虽然我，走上了
另一条泥泞小道

我在梨花村借宿，我在一盏灯边做梦
没有花香
只有自己的气味

我在梦中赶路，野人谷、双狼山、好汉坡
松涛的花边
云的睫毛，雀声的花蕊
第一批阳光到来，最后的峡口升起新月

我不在原路返回
避开了那些墓群，我已在梨花村醒来

我听到雪花在喊我

我听到雪花在喊我
春风最近的那一朵
我听到蚂蚁在喊我
很累的那一只
我听到葡萄在喊我
最紫的那一颗
我听到大海在喊我
最蓝的那一片
我听到露珠在喊我
它已经包不住
黑夜的火焰

我和红梅有个约定

我和红梅有个约定
见面时
不一定非要天空晴朗
但肯定要，额上没有寒风
花瓣扬起嘴角
少量的雪，堆积成朵朵暗香
我们要记住
交换了天空之后
心上，决不能
丢掉那一枝
火的红色

牡丹开红了我的垫江

一朵就把我开得很红，在垫江
牡丹要让我做一次太阳
这花朵的鲜红，肯定
与这座城有关
与我的性格相同
其他的蝴蝶飞开，只留我和牡丹
抛着红绣球
垫江的大街小巷花瓣一样吐香
终于认识了春天，认识了垫江
它们正直，透明，清爽
和牡丹一样，红在枝头
挂在风中
一朵朵喜悦闪着红光
这种红，不让人着急
只教人清醒
像有火焰的时光在沉淀，这种红
白天迷人，夜晚照人
谁要抚摸一下

一定是灵魂宁静，五指飘香

从此我不去菏泽，更不想洛阳
只守着这座城，用诗
为牡丹增红，用爱
给垫江添香

我以残存的岁月爱你

我以残存的岁月爱你
以我的秋水，我的弯月
我手指上裂缝的小路
我头发上漂泊的大雪
还有镜中
锈迹斑斑的落叶
爱你

我的生命
是个痛苦的谜
和你，和阳光，和空气
有着切割不断的关系
我是一块石头
一个日子铸造的固体
碎了，是透气，也是福气
我会以泥土的形式
用残存的肢体
爱你

大雪纷飞是我的葬礼

那些落叶里飘动的暗示
距我只有一夜的距离
一个冬天的早上
我为梦中的情节祭奠
大雪纷飞
是我寂寞的葬礼
灵魂裸在冰天雪地
骨头素面朝天
迎接着寒风的猛烈鞭击

空荡荡的大地
举着无数面白色的旗
我用两手握着的黑土
撒向扑面而来的墓地

今夜，我口含春风

我不想把今夜说成祝福
醉成美酒，今夜更像一只圣洁的蝶
双手提着
一盏蜡烛点红的大灯笼
远道而来，我正以一株梅的姿势
翘首，或许小草不知道
我只是一枚藏在冻土里的种子
今夜来临时我目光发芽
口含春风

请不要说我对春天礼仪不够
鞭炮，每响一声，我就心跳一下
礼花，每亮一朵，我心再跳一下

我追赶的，绝不是简单的春风

追赶一生
也没能与春风同步
谁搬走了我们的脚印
将路上瘦脸的小草
以及几块爬满阳光的石头
留给身后长长的辽阔
谁让蜜蜂扑在花蕊上
采集着秘密的糖
和相互抱紧的忧伤
谁会将春风装满花车
打开二月和我们
蝴蝶的睫毛在香气中闪了一下
我追赶的
绝不是简单的春风

我和你都无法保留完整

我和你都无法保留完整
保留天空中所有的鸟，曾经的羽毛

我和你都带着伤痛登上了山顶
可是四处早已四海难平

我会和你不告而别
就像食物远离饥饿的叩访

也会像光，谋反黑暗里的不舍
谋反所有发生过的情景

我总是怀疑夜晚的灯

我总是以为，它站在夜里
就可以提前一个黎明

但是没有，我以为它亮时
一定有轻风推开门
闯进一片好看的月光

但是没有，它在黑暗里落脚
只是内心憋屈的阴影
发出的一声声叫

我的怀疑，躺在梦的缺口
夜晚如灯
躲藏在我紧闭的眼睛

我为什么沉默

隔着雾霾看天空
种种云朵表明
太阳并不是神做的

走在鲜花丛中
蜕皮的老蛇刚醒
就袭击了年轻的春天

一位诗人兄弟
蹲在岸边为我们抒写
大风把词语吹落到水中

一块暖和的石头
安静地抱着大山
青苔给它蒙上一块阴影

雨伞为主人撑着
挡住了风雨的抽打

却没看到脚下的泥泞

我想到大海找一朵浪花
匆匆忙忙一回头
背影就变成了盐粒

我在寻找什么

我在寻找大海时
撞碎了一朵很响的浪花
我在寻找春风时
踩疼了一条唱着歌的响尾蛇
我在寻找花朵时
一头蜜蜂胖死在一缕香气中
我在寻找黑夜时
落日悄悄地缩小垫在枕下
我在寻找故乡时
一朵云哗的一声摔了下来
我在寻找道路时
花园和墓地同时伸长了脖子
我在寻找鸟声时
树枝猛烈的向南摇晃了三下
我在寻找灵魂时
骨头跑出来要和身体分家

我爱的世界都很小

我爱的世界都很小
小到一粒雨，小到一朵花的嫩苞
如果要我说出这个世界的好
就必须学会浓缩一滴露珠
拆下身体上多余的山脉与河流
静下凡心，去结识一只春风吹醒的蜜蜂
然后扑在花苞上收拢小小的翅膀
多少年了，我总是捧着一个人的脸
使劲热吻着这个拒绝雷声的蕾
看不透这挺着云朵的小峰峦
到底是藏着一缕风的细刺
还是一片海的狂澜
总是一不小心，就被爱的香气
蜇伤了开花的嘴唇

我的灵魂有多高

它一直都在我骨头搭建的小屋里潜游
从没要过一勺美酒，半缕阳光
也没穿过一件白云做的好衣裳
我总是担心身体内太黑，太窄
遇见风雨路滑它会不会跌跤
一辈子走走停停，挖坑埋坑
它都死死的跟定了我，不像影子
天黑了就溜走，住进自己的大别墅
我和它是同父同母的亲兄弟
它长得什么模样，个子到底有多高
也只能猜，眼睛无法把身体里的摆设看透
我一生的热闹，抵不过寻找它时半秒的孤独
直到昨天夜里，我被时光的黑手摘走
躺在月光很薄的坟茔
它才第一次离开我的血肉
蹲在我散了架的骨头边小声泣哭
哦，它蹲着，竟然比我高出一个头

我们在寻找中变小

我们寻找黑夜时星星在变小
我们寻找花朵时蜜蜂在变小
我们寻找大山时石头在变小
我们寻找道路时前行者的脚印在变小

我们一辈子寻找太阳
最后却像落日一样越变越小

我确信声音是有光的

我确信声音是有光的
比如昨夜苦闷的惊雷，比如现在刮起的微风
比如云朵摔下来，比如大海被推翻
比如一颗钉子追打另一颗钉子
比如一个人的手掌扑向另一人的
脸上

声音一定是有光的
比如黑，比如亮，比如蓝，比如黄
比如砸心的疼，比如割断的肠

我能听懂天下所有发得出和发不出的声响
却无法挖出埋在你眼里火焰的光

第二辑

日出日落，是我一生的行走

做一个明亮的人

做一个明亮的人，心中不下雨
泪水不哭泣，做一个明亮的人
知道黑夜是白天的一半，知道烛光能照亮黄昏
也能熄灭一个人的晚宴
做一个明亮的人，必须知道天空的远，大海的蓝
必须知道闪电有时直，有时弯有时能把一个梦的内容改写几遍
做一个明亮的人，必须尊重大象，也要尊重蚂蚁
因为一个蚂蚁的婚礼，有时比大象的身体重了好几吨
做一个明亮的人，必须承认蝴蝶脸上有春天
必须承认蜜蜂眼中有糖，也有盐
必须承认蚯蚓额头上的汗，能钻穿石头，也能泡软座座大山
做一个明亮的人，并不是脚下没有泥泞，手中没有遗憾
做一个明亮的人，有时用自己的骨头锻造路标
有时用伤口的血把自己点燃

一只带着梦儿的蝴蝶

一只带着梦儿的蝴蝶
和我不期而遇，我用前世的嗓音
把她的名字，喊成了爱情
在一块可以听雨的土地上，我拂去
那瓣掉在胸前的落花
一不小心，竟觉得手指有些慌乱
因为一个小小的梦
我的诗句挂满了深情
夜里失眠的我，把质地缠绵的文字
放进扑来的梦里，注入一些魂不守舍
直到风，能够在水一样的时光里
尽情地流，直到那只带着梦儿的蝴蝶
能够在花丛的天空中
飞出千亩的芬芳，万亩的欢喜

要好，就好一辈子

亲，别学昙花，它悄然一现
怎么也代表不了春天
亲，别学露珠，它怎么晶莹
也只有一夜的光鲜
亲，别学闪电，它划亮夜空
留下的是无边的黑暗，细长的孤单

亲，要好，我们就好一辈子
我们不做车窗外的风景
不做哀伤的流星
要好，我们就好一辈子
好的石头开花成仙
好的大海枯干成盐
好的飞蛾不去扑火
好的叶子不再去背叛秋天

亲，你是我怎么爱
都爱不够的一句誓言
好一辈子，我都嫌太短，太短

我相信五月就是一场雨

我相信五月就是一场雨
五月的雨，大时有闪电，有雷击
小时有哭泣，有泪滴
五月的雨，在石榴花开的时候下着
像一场甜甜的相拥，也像一场咸咸的别离
五月的雨真好，像我的幸福
时大时小，时有时无
我不知道这场雨为什么下得这么慌这么急
急得我不知该把春天的后事放在风中放养
还是留在水中游荡
那些鲜活的往事，是我不倦的爱人
我是不是应该把她放在温暖的词语里
和这场雨一起，深深地爱着

五月的雨，有时苦的有盐有味
有时甜的欢欢喜喜
五月的雨，很细很密
快乐和悲伤一样淅淅沥沥

五月的雨，我相信是我生命中最真实最漂亮的雨
挺亲，挺好，挺美丽
我一直在想，五月的雨
告诉了我什么
那细细密密的雨滴
真让我有时明白，有时无语
我不知该把五月的雨留下，还是放弃
是把这场雨娶回来，还是嫁出去
但我相信，五月就是一场雨
这场雨，有时是毒，有时是蜜

我梦见的是一场梦

我梦见词语、哲学、亲吻、比喻
梦见酒肉、美女、诗歌、墓地
翻了一下身，又梦见时间、背影、爱情、泪滴
梦见一张张藏在脸后面的脸
这么多的意象，重重叠叠
和夜一起，压迫着我多雨的心脏
它们拥挤着，让我有些麻木的手茫然失措
分辨不出是抱着痛苦，还是分开幸福
梦中，我看见一把刀，它冷漠的寒光
逼视着我的退缩、犹豫
刀最怕寂寞、最怕生锈
坚定而决绝，像一个好男人
不会为谁，忘记自己的刃，自己的锋利
我要学习刀，爱上刀，变成刀
那样我就不怕一会儿阳光、一会儿黑暗的天
那样我就不想一会儿是羊、一会儿是狼的人
那样什么样的梦都不敢来我的夜里
我就这样，在梦里醒着，在醒着的梦里

我害怕夜太脏，梦不干净
我害怕天亮了，谎言遮不住眼睛
我的梦，白天比落日漂亮
夜里比星星慌张

我梦见的是一场梦
是一把刀想劈下去的地方

读你，一夜恍若一生的时光

亲切地读你
用美学以外的目光
让心跳的手指染满花香
很三月的那种花香
漫过相思的厚墙
绽放成你最喜欢的模样
黑色的我，被你的肌肤镀亮
你如玉的呢喃
让心疼的梦闪闪发光
只是不敢回首
回首那满目灼热的忧伤

夜很深我很爱情的手
又一次缠满惆怅
我知道黎明你就是很远的太阳
剩下的日子昼短夜长

读你，真是幸福而紧张
一夜恍若一生的时光

一滴泪哭咸了海水

海水的咸是舌头的一次假设
当初的河流，缺乏一泻千里的壮志
山不那么高远，水也宽不到浩瀚
千万条河流哗啦啦的回首
两岸的山色，哭了
当初的大海，由淡水养殖
变咸是因为一滴泪，鱼的泪水是以后发生的事

一个诗人站在一朵浪花上
被深蓝的海水染得很咸

一只乌鸦追赶着白马

把黑夜掰一块下来
一只乌鸦，带着冷风追赶白马
它想用抹不去的黑
去换白马闪电的白
去覆盖白马身上贴着的雪花
它的翅膀，马蹄一样踏满尘烟

一只乌鸦，追赶着白马
它想让梦里的夜早点梦出去
它想让马尾上的星光早点亮回来
它不知白马要去哪片长着膘的草场借宿
不知白马驮着嘶鸣的身体
要去跃过哪段缰绳勒着的时间

一只乌鸦追赶着白马
好像天空掉下一团阴影
压黑了马背上盘旋的一朵白云

枫叶因一首山歌而唱红

枫叶因一首山歌而唱红
红得字正腔圆，满山嘹亮
像无数面红旗站在一起
像无数个太阳抱在一起
枫叶的红，比高粱兴奋，比灯笼喜庆
枫叶的红，来自农民粗犷豪放的歌喉
来自一双双写满民谣，长着厚茧的大手
来自喜鹊敲响的丰收锣鼓
红得满怀自信，红得淋漓酣畅
红得稻粒般的音符一坡坡飞扬

枫叶红了，山歌也火焰一样的红了
路过的秋风经不住挽留
也唱出了阵阵热烈的红，飘香的红
石头唱红了，树枝唱红了，小溪唱红了，村庄唱红了
农民脸上淌着汗的笑容唱红了
打开山歌，我的诗句也被
滚烫的枫叶唱红了

一块石头点亮了一座山的黎明

闪电撕破了黑夜的衣裳
雷声打着滚儿砸下来
镜子一样的田野
碎成小块小块的玻璃碴

没有尖叫的是一块石头
它牢牢地铆在大地的脊梁
把斧子劈开的雷声
深埋在一棵大树下
它用沉默的坚硬
点亮了一座山的黎明

一只羊站在斜坡上

一只羊站在斜坡上
头上弯弯的尖角
勾着山顶上坚硬的云朵
它在满坡的倾斜中保持平衡
它把挂着青草的露珠
反复的嚼成绿色的石头
它不喜欢天空在背上软软地漂
不喜欢来回晃动着树枝的小鸟
落日滚下来
它小小的脚印
稳住了一场地动山摇

一棵树

扔掉天空，一棵树
站在荒野的枝条上
它的头，再没有遮挡
风生气了，大手一挥
吹走了它身上的最后一次绿

一个被黑笼罩的人

一个被黑笼罩的人
再也不想顺从夜了
他伸长手摘下一粒星光
放在还没睁开眼的露珠上

幸好，那层黑只有纸一样薄
没把他写进窄小的黑道
允许月光冲洗头上的荒草
他顺势掀翻了黑光搭建的灵堂
给活着的石头和死去的花朵
都穿上不染墨汁的外套

他好想把自己撕碎成大雪
白茫茫的
自己把自己吞掉

内心流着一条河

和高山相比，我更喜欢流水
不在乎宽窄，不在乎是不是奔向大海
它从冰雪深处现身，背着两岸斑驳的时光
抵达我内心时，正好风调雨顺
我是一个命里缺水的人
前世的遗物埋在沙漠
不腐的骨头，等着今生提水的骆驼
感谢此刻在我心中流淌的河
在落叶堆积成玫瑰的片刻
黑夜的皱纹和石头的裂痕
都沉入长满珍珠的水底
飘动的水草，闪烁着绿色的秋波

一只逆飞的鸟

一只逆风的鸟，翅膀背着一张弓
前世栖息的树枝上，一定有
大过身体的森林，大过天空的头脑
才敢用小小的头颅当箭射击狂风
远方是一个黑洞，撞向黎明
需要一盏闪电的灯，需要
一滴露珠敲碎千里的噩梦
需要一声啼叫，把尘世的锈雨咽进喉咙

听不见群鸟的到来，听不到
花朵绽放的笑声，星光擦着黑云
叶子忙着远嫁太阳，风啊
吹走了山尖，吹走了世间的瓦和草
一只逆风的鸟，吞掉了彩虹和阴影
竖立的羽毛，混合着带皮的雷声

一朵花开在树上

我想要一枚远方的花瓣
其实是想要那里的阳光，流水
和与春天一样的好天气
一朵花开在树上，像不像一个低眉的女子
她的眼神里，有着比酒更醇的秘密
一朵花藏在众多的花里，藏不住的是泪水里的香气
那是蜜，是毒，是生死边沿的回望和叹息
我想要远方的一枚花瓣
可是，我忍着不问
风，是不是也吹疼了
树下，看花的你

风从一声鸟鸣中吹过来

风从一声鸟鸣中吹过来
把一场刚去世的独白淹埋
大地掀开了黑色的棺盖
里面的小草头靠着头
雪光掩面而泣，一只白鹭
在滑翔过自己的身体后
带来一天比一天好的天气
不清楚接下来的雷声来自哪块天空
一场闪闪发光的雨
就要洗净生锈的树叶和山岗
怀念或遗忘
在暗夜互相凝望着对方
一缕风，追着另一缕风
吹断了冰的绳子，雪的哭声

一些错误像雪，正在融化

立春后的天空
乌云和忧伤纷纷破碎
我们的脸
也将不再是黑色
一枝一枝的桃花
把春风写高写大
我们借来蝴蝶的好梦
从花的蒂上
找到鸟语的抚摸
突然怒放的春雷
因花香而变亮
我们最好的日子
也只有三分之一的春天
浓密的草丛中
一些错误像雪
正在融化

一朵花打碎了，露珠依然晶莹

一只鸟儿转身时
天空中有条裂缝在私奔

一枚落叶飘落时
大地刚被叫醒了半个时辰

一片白云高叫时
悬崖挂出了溪水的响声

一个僧人扫雪时
寺院的钟声抱着清霜响了

一朵花打碎时
露珠依然在黎明的额头晶莹

寻找一个好日子

寻找一个好日子
好到山清水秀，树比风高
好到白天的梦不去爱夜晚
好到红杏一伸手
就能摸到姓春的天

好日子就是花上的蜜，喜鹊的脸
就是在一首辽阔的诗里
看到最美的日出
就是风吹散的落叶
找回了遗留在枝头上的家园

就这样一个人寻找
脚印比路长了一春又一春
细碎的阳光照下来
跟在身后的影子被微微压弯
好日子还是高高在上
眯着一双隐形的眼

春风带着一块补丁

又一次巧遇鸟鸣
从树顶上往下看
大地裸露着许多不押韵的小孔
春风带着一块补丁
转了一个身
填满了花香的漏洞
人间的枯井
裂缝上的石头
也开始一条一条的互相靠拢

那只鸟站过的地方

那只鸟张开了天空最大的翅膀
地上也只多了一颗小小的黑痣

那只鸟给了山峦全身的重量
山却埋着头感谢着轻飘飘的阳光

那只鸟从一棵树飞到另一棵树
把叶子的家园从异乡搬到故乡

那只鸟清醒时总是躲在白天背后
它前面有眯着眼睛的枪口和死亡

那只鸟在大雪封山时咳嗽了一声
比夜行人手提的灯多一米明亮

那只鸟爱的时候很痴狂
羽毛抖落在花瓣裂开的细纹上

那只鸟站过的地方有春光
树枝的思想在一秒一秒长长

那滴露珠一定是我的前生

那滴露珠一定是我的前生
浑身晶莹，喜欢黎明
常常把一整夜的黑
熬成一滴鲜花上透明的水
像一个忧郁满怀的人，从来不安睡
从来不去梦中翻找疗伤的药片
不知道风来爱过没有
也不寻求更大的花园
叶子就是一世居住的家
窄小中不出卖花瓣
把自己的身体认做众花的天堂
偶尔也被春雨打湿
被香气当过一两次敌人
站在黑夜里，让黑带来更多的黑
只等月光躺下
才是和星星碰杯的美酒良辰

那滴露珠原本就是我的前生的影子
总是在白发很多很犹豫的早晨
被大雾拦在一座不开花的大山

一个夜可以容纳多少黎明

一定很疼，天空巨大的身体
在重生的子宫里微微颤动
分娩的星，一瞬间就丢失了眼睛

一个夜可以容纳多少黎明
那枚就要死亡的月亮，多像我们
遗留在人世间朴素的原形

天空在黑暗中漂白着灵魂
一道闪电，扯出的莫非就是我们
一半漆黑，一半光明的宿命

日出日落，是我一生的行走

刚摇落一身露水，夕阳就开始急追
一个太阳，面孔竟然两个模样
早上笑着亮，晚上哭着黑
升起和坠下，刚好就是一天
照着一座山的正面和背面
不知山路上匆匆忙忙的人们
是不是与我同一个方向
他们脸上的朝霞和落日
是不是与我肩膀上扛的一样重
日出日落，是我一生的行走
白云驮着背影，石头垫硬脚印
所有的行囊都是身体的一部分
我不能将自己停靠在一棵大树下
更卸不下树枝上的鸟鸣和枯叶
骨头和血液，一直朝前倾
出发的地方，不是我气沉丹田的腹腔
就是另一幅山水的最后时光

一滴水也有狂澜

天上落下的叫雨
脸上流下的叫泪
一滴水，实在渺小
也不一定能把这世界说透
它的身世总是挂着屋檐下
只有最渴的人
才把它贴在唇上
只有最美的花
才把它抱在蕊中
一滴水天生就有穿石的本领
不怕硬，也不妥协
总是用小小的头颅
与巨大的孤独斗争，用破碎
证明完整的完整
一滴水只与河流永存
终其一生
只为刀砍不断地流淌
一滴水很静

不需要呐喊，不懂得煽情
一滴水很圆，但不接受世故
一滴水也有狂澜
它站在浪涛最高的头顶上
领着带盐的大海去翻山

一盏灯的花瓣全开了

现在，一盏灯的花瓣全开了
这些天黑才来的亲人
制作出温情脉脉的好夜晚
一大片新生的词语跳动着
把狭窄的心脏扩宽了一夜
那些曾经走失的尘世和流年
此刻又亮出陈旧的脸
明早的桃花和蝴蝶
正从十里之外翩翩飞来
一寸一寸的温软
好像月光从天上走到人间
还没努力亲近的生命
在一团团光的浸泡中
露出一节节最重要的躯干
一天老过一天
一夜老过一夜
站在一盏灯绽放的光亮里
一个人和他的影子若隐若现

第三辑

今夜，所有的花朵睡不着觉

还有哪双手如此温柔

亲爱的，我是一个喜欢在夜里思考白天的男人
目光覆盖黑暗，什么都不能让我回头
我就是一棵千年铁树，习惯了
以微笑轻嘘生命的酸楚
亲爱的，我的名字忧伤得在流血
什么也止不住，蝴蝶背叛我
但春天，没有离开我
挺好的，真的挺好的
像妈妈用白发抚我清醒
像爸爸用目光催我前行
亲爱的，我不知道这城市为什么把
诗歌和爱情纷纷丢进霓虹灯中
我更不知道，能让我抚爱的除了你
还有哪双手，如此温柔

梦和诗

一首诗，和一场梦合为一体
那是多么不容易
有人在诗句中翩翩起舞
有人会随着梦敲响自己的钟
我一直在一场梦的身上寻找虎虎生威
寻找诗里藏着的词语：比如爱，比如恨
比如风吹雨打，比如花开花落
没有比梦让诗更有机会显山露水了
梦和诗一起，有音乐的质地和忧伤
我时常提醒自己，要低敛
要飞得和黑暗里的夜莺一样美
在梦的翅膀上
莫辜负天地之间寂寞与繁华
莫忘记梦和诗在冬夜里也会下一场好大好大的雪

真　想

我真想是一串纯金的项链
一生挂在你的胸前
把你的心跳，听成誓言
我真想是你大海中的孤岛
一世依偎在你的身边
等待你轻轻的拥抱，汹涌的涨潮
我真想是暴风的手臂
把你环绕，把你揉成
一朵朵浪花，一次次海啸
我真想是一只懂事的小鸟
用羽毛，为你抗击风暴
用飞翔，体验你的骄傲
我真想是一匹骏马，嘶鸣着
奔驰在你温柔的草原
而你的呼唤是缰绳，我的心
被拉得又细又长
就像你手上响亮的马鞭
我真想，真想把我的头发

潇洒成狂风，战栗成闪电
在一千次，一万次的呼唤中
等着被你占领
被你拆迁

发　现

我发现石头沉默时是金子
那种坚硬的冷静，像很深的疼痛
埋藏在我骨头之中
我发现小巧的鱼嘴在呼吸
那圆圆的泡，像一串串词汇
写满了对水的不离不弃
我发现屋中的椅子一动不动
像一部哲学，怀念着森林的过去
仔细听，还有鸟儿的声音青翠欲滴
我发现阳台上晾晒的衣物
无意间在向谁泄露着某些秘密
我发现田地里长胡须的不止麦子，还有玉米
我发现挡住身体的不止墙壁，还有玻璃
我发现认识一个人，有的只要一面
有的却要好多好多年
我发现想哭的时候，泪水就是知己
我发现泪水枯干的时候，比盐还咸
我发现转身的时候，哗哗流走的

是陪伴我半生的时间
我发现从江北到江南
远不止一座桥的距离
我发现花开的时候，不是一种声音
也肯定不是一种美丽
我发现我们相逢的时候
爱应该就是那场抒情的细雨……

梦醒后的尘埃

什么是爱情、财富，什么是过去现在和未来？
梦醒后，怎么看着全是尘埃？
如果用一首诗来形容今夜
我真是江郎才尽，无地自容
我只是在无边的黑暗里挥霍才华、热烈和时光
你能否接受
我的痛哭无声？
我的耐力挺好的，我的心一直在追梦的路上
使灿烂熄灭，使江水漂移
当然，这是个不确切的比喻
我内心的潮水，养育着一波又一波的岸边的词语
让我再为你念首诗吧
这么长的夜
我想点亮过烛光吗？
我深爱的一定是你，而你
究竟是谁？
委身于一个不明不暗的黄昏
我们又会拥有什么样的生活？

这是一种真实的空虚，一种切肤的疼痛
请把温暖、拥抱、幸福都拿去吧
我不知道，今后还写不写诗
但我觉得，我已无力写出让你流泪的欢喜和叹息

幸福时光

这是多么幸福的时光
天漂亮的蓝着，地好看的绿着
鸟儿们成双成对的，像恋爱中的人们
欢喜地飞向温暖的树枝
飞向筑巢的地方
幸福的时光，就是心脏跳出了黑暗
就是手能识别蝴蝶的方向
眼能嗅出花的芬芳
幸福的时光不可能太短也不会很长
也许是一个梦到另一个梦的距离多一尺
也许是一朵云到另一朵云的距离少一寸
幸福的时光
总是有时清晰有时迷茫
就像现在的我，抱着一群美丽的词语
却写不出一句动人诗行

珍　惜

我珍惜夜空中一闪而过的流星
它短暂的光，是我昨天的爱情
我珍惜树枝上飘下的落叶
它的姿势，是我寻找归宿的背影
我珍惜蚂蚁劳动的样子，那艰辛
是我额上岁月碾过的声音
我珍惜蝴蝶眼中的泪水，那伤痛
是我祭奠一朵花时的心情
我珍惜马蹄的呼吸
那上面有天晴时的尘土
风雨时的泥泞
我珍惜闪电的叹息，那一刻
多少雷声抱在一起
把黑夜亮的透明
我珍惜豪放的唐诗
我珍惜凄美的宋词
我珍惜花开的宁静
我珍惜绿色的鸟鸣

我珍惜每一个和你的约定
就像珍惜这漫漫长夜后醒来的
黎明

岸　边

那只鸟的叫声提高了我的快乐
但这快乐，让幸福
仅仅多了一点点

雪风吹，各种伤口丰富着爱
尽管
血流里还流动着狼嚎

河中的每一条鱼都想兴风作浪
岸上的每一丛花
香得
恰似请鬼拿药单

唯山在盘旋
鹰在选择对手

我没有惊慌和恐惧，只觉得
骨头上的铁
厚了一层

西湖情怀

石头大如虎，记忆最沉重！在我
浑身荷花开遍
刚刚
离开杭州。断桥再次断了，在雷峰塔
又被泪水
擦洗了一遍。我蓦然感到
偌大的爱情天空，我的情怀
难以容下
如此的霹雳之吻
也许真的要将我震破！唉，罢了！罢了
显然钱塘潮不愿吞食我，那么
就变成一条带着青铜的锦绣鱼吧
重返西湖荡漾
铿锵而涟漪，让碧波非梦
再现金日银月
风柔似爱，鸟鸣成春

渴望一场春暖花开

你突然降临家门
说是乘着飞鸟回来的
你携来的云
灌满了草原的奶香
你贴身亲我
说是牧羊少女转赠我古老的吻
你在花朵中设下房间
说是要在果实中打开房门
迎接我进去
你指出了爱情的锁孔
今夜一定要我带来钥匙
说是你冰天雪地太久
渴望一场春暖花开

硬骨凌霄

她，我的母亲，教我
骨头要硬！教我壮志凌云！
她对我说：要学
硬骨凌霄花，即便死时，也要带上英雄胆
豪杰心
天空的嘱托和太阳的气味

发　觉

我从清晨变成黄昏
再走近灯火阑珊，独上高楼
拍散身上的黄叶
袖口在陡峭的风中并未拂起喜悦
我蓦然发觉
夜空容纳我的诗句如同囊括繁星
那最大最亮的一颗
显示我的一生：爱情很璀璨
痛苦多光芒

谁在剖开泪珠的果实

当着霜的词语高过秋天
落叶已经听不懂
大雁连绵起伏的心跳
多少蝴蝶枯如石上的苔痕
多少菊花的镜子
贴不稳记忆的风声
转身，山已成树，一片枯萎的黄

谁在剖开泪珠的果实
寻找昨天落日的核

因　为

因为风，我们象牙色的鸟声
传得更远

因为梦，我们的泪水，滴落在
同一地址

因为爱，落花打醒的心上
春天再次诞生

因为那里有了你

第一棵樱桃树中多了枝丫
第三棵樱桃树里少了叶子
唯有中间第二棵樱桃树上
才有了真正的风景
满树的樱桃玛瑙珠玉
枝丫和叶子
繁茂疏密恰到好处，青红的光
懂得如何交错地陪衬
鸟鸣也含着核
一切都带给我陌生和亲切

妹妹，知道吗
因为那里有了你

疼

不叫喊，疼在爬坡时
骨头闭着眼睛

秋风瘦小
狭窄的吹过拥挤的小巷
叶子在越来越薄地奔跑

一个人在锁孔中行走
一些门丢了钥匙
一些门被窗帘搬走
一些门在家中流离失所

爬坡，一条腿陷在深渊
一条腿跨过闪电

白天腾空的位置里
黄昏绞杀着落日
黑夜在异乡昙花一现

漫长归于短暂
笔尖上的白雪
有时是诗的晚餐

真疼了，云朵帮你喊
天空一转身
飘向更远的远方

诗　人

把山坡写斜太阳急剧滑落的是诗人
把怀旧的鸟写出两鬓白发的是诗人
把黑夜写得相仿白天决不雷同的是诗人
把爱情写紫天空写宽的是诗人
把泪水写硬云朵写轻大雪写暖月光结冰的是诗人
把日子写得个个通红
自己烧成雨中灰烬的
还是诗人

痛　苦

他原来觉得没有痛苦
他的痛苦一大半被风吹跑了
被海水洗掉了
被白发白完了
被乌鸦扔进黑夜了
剩下的一小半
也被带风景的云
带回昨天了

现在痛苦没有了
他反而觉得很痛苦

今夜，所有的花朵睡不着觉

今夜，所有的花朵睡不着觉
她们有的想哭，有的想笑
有的拿着自己的名字发呆
有的在枝头修改自己的容貌
这些花
一群在上半夜的梦中失眠
一群在下半夜的果实里奔跑
还有一群来到我诗歌的灯下
她们要我把露珠的眼睛写得很大
要我把蝴蝶的翅膀写得很薄
要我把一个个好看又鲜嫩的文字
写在她们手臂的花瓣上
抱着自己轻轻地摇

今夜，所有的花朵睡不着觉
我不想当花匠
更不做众花之王
我只想和花蕊一起
找到灵魂深处的香

选　择

我们在路上走着
每个黄昏和黎明都是我们的朋友
它们微笑着
让我们的脚从时光的缝隙走过
我们在路上说的话
一半由太阳盖着
一半由月亮盖着

终于我们走完了这段路
我们都哭了
在路的尽头
我们不愿重复泪水
各自选择了更远的去处

残　片

走在一块黑色玻璃上
我突然支离破碎
许多年前离失的一段路
又捂着伤口退回来
梦中流水的片段
敲响了心脏左边的闹钟
那本自选诗集上放着的手
被醒着的文字捏碎
脸上湿乎乎的
嘴里的药片有些苦

是谁来过呢
在夜摸不到底的时候

闪 电

一个人被闪电照亮，被雷声
劈去一半
夜想从他身体里
挖走星星
幸好，他没被黑暗完全出卖
牙齿，紧咬着悬崖上盘旋的白

深入音乐

深入音乐　需要一种禅意
比如现在　我就听见
一群蝌蚪大小的音符
在我血管中飞快地游动
许多画面奔驰着
眼睛点着了雪中的大火
或浅色的孤寂　或深色的落寞
把我压在微苦的旋律中翻不过身来
此刻　我陷得深如海底
骨头驮着灵魂飞向遥远
摸摸　好像只剩下一具
空空的躯壳

再一次贝多芬　再一次莫扎特
再一次在音乐中
敲开命运坚硬的核

乡村音乐飘着香

一直以为，乡村音乐是傍晚的炊烟
五更的鸡鸣，深入乡村的腹地
不仅有麦子、玉米和稻谷的光芒
更有锄头、油灯、扁担的传说需要歌唱
乡村是一部生活大全，民俗大观
春分、雨水、立秋、白露……
每一个节气都挂在小院门口的对联上
乡村的土地上没有高价商品房
乡村的果子没有增红剂的扩张
乡村的爱情远离污染，结实健康
好一曲青山碧水奏出的和弦
乡亲们春天插秧，秋天收割
饮自家酿的酒，吃自家种的粮
长满粗茧的大手，写下田园诗的交响
看吧，乡村音乐的每个音符闪着五谷的亮光
凝结着丰衣足食的满足和芬芳

远　方

我的目光再不曾收回
虽是一瞬间的眺望
海上已旋起龙卷风
心在生命的浪尖上翻滚
远方，从此是葳蕤的象征

说不清是寻找还是还愿
一路绿去的阳光都不知所终
也知道所有的地方都是远方
远方永远不能身临其境
但最初的一瞬
已决定了终生的心情

不再说远方的灯光属于谁
路上的身影渐渐轻盈
傍晚的云总是血红血红
这就是一切
此时，远方依然很远
身后的时间已爬满我的青藤

爱生活的人们

爱天空的小鸟
喜欢用翅膀擦亮身边的云朵
爱大海的鱼儿
喜欢在浪花的高处托举蔚蓝
爱生活的人们
喜欢走在命运的弓弦上
只有拉弯
才能让灵魂射得更远

把大海推倒的人

他用收拢天空的力气
把大海推倒
一双手掌上仅留下一小块蓝
趴下的大海举着浪涛冲来
他呛了一口咸鱼喝醉的水
吐出来一块
比海大一半的礁石

一个脸上结冰的人

怀孕的大雪挺着山峦
小草的孩子抱着冬天
一个脸上结冰的人
从怀里掏出大把滚烫的风
洒在肿着嘴唇的大地上
他心里盛着一千吨温暖
一万只蝴蝶
挤满了他前胸到后背的窄小空间
他喜欢用淬火的锄头开垦春天
先刨出大树根下藏着的阳光
再用脸上的冰凌敲碎山的外壳
划开锁着一江春水的长拉链

突　然

一道闪电
突然将我照亮

夜空没有反应
只是抿了一下嘴
继续的黑

我被雷声惊醒
赶紧捂住
身上残留的光

正在结尾的一首诗里

正在结尾的一首诗里
有大雪、春风、粮食、亲人
还有刹不住的时光和流泪的爱情
长着光的文字，跨过夜的黑坟
好像马的蹄子，在结冰的草原上飞奔

把诗里埋着的蓝挖出来

我相信这种色彩
就像相信天空
相信孔雀的翅膀张开

相信，我才把心里的乌云搬出去
把汹涌的潮水摁下去
把玫瑰昨天的衣服脱下来

等着大海，等着草莓
等着一块宝石
等着路上匆匆奔走的牛仔裤
把诗里埋着的蓝挖出来

第四辑

天上人间

到一首诗里去看云

我看云不在地上，不仰着目光
我看云在一首诗里
一首诗里的云大过所有词语
它们缓缓地飘着，斜斜地飞来
我计算着，一朵云里有多少良辰美景和月黑风高
它们住进我的诗里是哪一年，哪一月，哪一日，哪一时？

到一首诗里去看云，我看到
诗在抒情时比云重了一个天空
云在涌动时比诗大了一个太阳
云的身上，一定有不少文字的香气和比喻
它们让我交上的都是好朋友
遇到的都是好时光
它们让我的诗歌长出花瓣
让我的爱情一寸一寸的温暖生长

到一首诗里去看云
我看到阳光抱着月光

看到冰冷的雪水，看到热烈的酒浆
我要把我看到的斑斓、明净
忧郁丛生的白，惊慌失措的黑
统统写在脸上，写着写着
就有一朵云顺着诗句
来到我的头顶，我的心脏

孤　雁

远山的倒影滑于翅下
旋涡状的日子
从雾的围困中挣脱
在你负重的心峦
呼呼炸响
超低空飞行的梦
失落在陷阱丛生的沼泽

命运注定了飞翔
就无畏在视线里消失
幸运和不幸都要跌落
但你
毕竟占领过天空

赠 瓶

想你时，把相思插入花瓶
如新梅
幽香记忆

你瓶状的怀念
我枝形的爱情
经够了雪花的摸索和清水的浸渍
无一处再是空白

最信任的时候没有语言
我们互相吸引
互相陪衬
被人供奉
也被自己供奉在时光的窗前

雪　鹰

站在高高的青松上
你是一只被雪冻醒的鹰——在寒风的包围中
在大雾奇妙的弥漫里

你一身雪羽，双肩高耸，头颅昂扬
崇山峻岭
藏在你的巨翅下
犀利的目光，如同闪电，划破旷古寂寥

谁会为你，“采来一抱闪电”
“谁来给你，最后一道伤口？”谁总是让你
一声嘶鸣
从山顶俯冲而下

你厌恶地狱，也不喜欢黑衣爱神
你有皎洁的天堂
在宁静的心里，在干净的灵魂之上

你虽然一言不发
你虽然不想在孤独国里称王
你虽然洞穿了极度
肮脏的视域

啊，雪鹰！雪鹰！朔风怒吼，大雪不止
你的心跳
为什么仍被阴影困扰？

打量野花的瞬间

那些花瓣，像刻在红石头上
一些白色的字
香气，在笔画间装饰天空，而我们
在远离喧嚣的地方
自己怀念自己
树没有笑，马映着远山
风吹高了飞鹰

光　亮

关灯后
我仍未忘记光亮
上床时
我就是一根裸体蜡烛
梦中间
闪电时时让我一惊
醒来前
关了的那盏灯又神奇地亮了

夜来香

爱情到了薄暮时分
此时的太阳如同黄玫瑰

夜来香开始慢慢绽放
它不在霹雳中诞生，也不让花蕊
成为一根根折断的针
而是迎迓
初恋般的惊喜

我发现它的花瓣恰似她的问候一样
不再重叠痛楚
这暗处的鲜艳，像一个透明的梦
梦的边缘毫无磨损

我听到夜来香在说："当我们一起
在一轮明月里，那该多好！"
白昼太孤单，太乏味
太多红尘

夜来香，你和她虽然来迟了
但这正是我等待的时辰

挺立山顶

我刚了解这里，整个山谷铁箍一样沉默
悬崖上的野百合
香气也有重量，雷霆不愿在花心炸裂
鸟的叫声硬如石头
我铿锵
云朵倘若痛苦，滴下的也是青铜泪水
挺立山顶
胸怀里松涛伴同剑鸣翻腾
放眼处
落日中有着金胎传说，而神话
即将诞生在皎洁的银月

读杜甫的时候

读杜甫的时候，我的诗句起风了
无数虎啸狼嚎
成吨的惊雷，成捆的闪电
疯狂袭来
企图吓倒我，掀翻灵魂的屋顶
让我无室可居
觉出唐代的寒冷，瑟瑟战栗
让我抱紧
身体中的残梁断柱
顿足呼号
但我，偏不这样！因为有杜甫的傲骨支撑我
有广厦，大片大片地
矗立，在眼前

白丁香

我在欣赏
众多花卉的叶片：羽状脉、卵形叶
以及裸花
单被花、花瓣螺旋状排列
以及
蝶形花冠、钟形花冠、舌形花冠、十字形花冠
柔荑花序、肉穗花序……
啊，唯这株白丁香
在风中
打翻了自己的仪式，它不要那种奢华
只想，悄无声息地
守住
灵魂深处的静

深山里的小木屋

屋子里关不住云，也关不住风
就如我们
来到这里，就是为了敞开

在白云深处的小木屋，我们关闭了时间
只读诗，只听
清泉石上流，松涛轻轻地
绿到窗前

我们把自己敞开，接纳宁静和永恒
但并不在
一阵宽大如同衣袍的风中

山峦怕矮小，我们怕高大
花动摇，我们不去寻找另外的泪水
恰似黎明时
心上，一只蚂蚁正在爬过地平线

小木屋是这深山里的警句
我们学会了敞开，懂得了关闭

苹　果

你只有饱满的青，好看的红
有病的虫子
不敢在你身体里爬行

我在诗句中刻下你的甜，你的香
每个词语就咬住了泥土、雨露和阳光

你看海时

你看海时，我的背影浩瀚
灵魂深蓝，我在为你
准备激情的汹涌，预订深水中
红珊瑚的花床
在海面前，我的一连串比喻
像船长的手势
指向你必经的航线
那些爱情必须路过的海域
那些让你避开沉船的灯塔
那些避免触礁的掌舵指南
……

你看海时，我刚好化成一头巨鲸
横穿过
比崇高稍低的波涛

把桂花的香气喊出来

不求蝴蝶，我要用自己的翅膀
把桂花的香气喊出来
我不想她在秋天的梦里睡得太久
不想她驮着九里的清香飘回水一样冷清的月宫
我不爱她传说中的前世
我要把她喊出来，不管她情不情愿
我都要她的今生，香在农历八月的镰刀上
香在温暖的人世间

吃 藕

那天傍晚饥饿的云朵节节升高
带着下午的疲劳去“荷来香”吃藕
一锅白嫩的藕刚刚走上桌
那些种植在池塘里的词语
就一会儿张开七个孔，一会儿张开九个孔
莲花一样地围桌绽放
诗人徐庶幽默：“藕不断丝连”
这句切不开的话一落进锅底
一截截的断藕就接了起来，站了起来
像我们经历过的一段段生活
断裂，缝合，表皮光鲜
伤口却由千丝万缕的筋脉连着

“吃藕，吃藕，清热健脾，养颜祛痘”
莲子小姐的一句话草木味十足
大家一笑，满桌的荷香又飘高了一尺

蝴蝶为什么变轻了

蝴蝶为什么变轻了
是她的泪水哭干了
花丛中的香气越来越少了
花蜜的味道越来越苦了
一双双长刺的手
总想囚禁她在缺少阳光的黑瓶子

蝴蝶为什么变轻了
是她的翅膀被风吹薄了
风中的坏沙，雾中的恶霾
斜坡一样的酸雨像刀子
刮走了她翅上的青山和碧水

蝴蝶为什么变轻了
是她眼中的天空越来越窄了
是她怀中的露珠越来越小了
头上的乌云一天比一天大
身边的汽车一辆比一辆挤

她已经没有花枝可栖了

蝴蝶为什么变轻了
是她的梦远远飞走了

那块石头

站得很低，住得很窄
没在春风里开花
更没有蝴蝶暗恋
一夜一夜的疼
压在高大的山脚下
它没掉过泪
只想死后
做一块挨着小草的纪念碑

那只乌鸦不相信眼泪

那只乌鸦不相信眼泪
眼睛盯住的方向比星斗尖锐
像是黑暗中比梦稍高的两盏灯
那只乌鸦讨厌飞不好就怪天空的鸟
讨厌日夜流着泪水的小溪
那只乌鸦只相信晴朗的瞳仁，眼球边的阳光
那只乌鸦心中装满了钉子
铁的灵魂飞出坚硬的风响
那只乌鸦看见天空窄得像条缝
苍鹰只能在自己的体内盘旋

那只乌鸦不相信眼泪
坚决站在白的对面
一生穿着叛逆的黑
日夜驱赶着闪电里漂浮的乌云
那只乌鸦要把祖传的黑黑到底
黑成黑的棺木，黑的碑记
黑得大雪长久凝望
不敢轻易转过身去

瀑　布

跳下去，灵魂就会开出滴水的花
三千尺白发，挣脱了黑云的悬崖
生死看穿，高矮看淡
一块骨头追着一块骨头
飞翔，有时也可以头朝下
没有时间停留，天空的碎片
抱着你一纵而下

风静静地等着

召回西山的落日
扶正要倒的炊烟
风静静地等着
海里的鱼
就要被一张黑色的大网捞起

露珠的光芒

抱着一个早晨，抱过一夜的星
抱过大海或白云，抱过路上打劫的风
有时，抱一场大雨
抱着万物洗净的手和骨头

熬制了千年的皓月，看透了花开的累
叶落的凉，把自己的身体认做天堂
再小的地方，也有不摇晃的光
也有不怕黑的善良

住在花瓣的斜坡上，滚落
也比夕阳下山看着漂亮

桃花从树枝上连夜赶来

仿佛那年，去赴一场山和水的约会
桃花从树枝上连夜赶来
蝴蝶的梦刚做一半
群鸟也没准备好好听的声带
天空亮得比一万年前更亮
风掀动着小草不死的凡心
一切，都在悄无声息的提前
像我们拥有过的春雨和秋风
许多有缘的人，只见过一面
就被时间的手从背后推远
山和水的一生才是爱的经验
它们的明亮，不能只照耀我们
更不能只照耀我一个人
连夜赶来的桃花，也在苦等着
一枝穿越灵魂的会见

江　山

比江长一座山，比山大一条江
江山，是两只手围不拢的天方地圆

江山是美人的，江山不想倒在
没有墓志铭的草丛，要倒在乌云扫净的天空

江山很轻，像尘世间的一片叶子
正面证明阳光，背面尽是虫眼

天上人间（组诗）

担　心

我担心天空掉下
不是怕太阳摔碎
是怕星星们离家出走
黑夜，睁不开眼睛

天　堂

一座很大，很豪华的别墅
却因没有土地使用证
人们都不心甘情愿地购买

人　间

有人挖坑，有人填土
有人栽树，有人乘凉
一个黑夜纠缠白天的地方

一只鸟

它飞的时候

天空敞开了两扇窗户
它飞走了
天空开始独守空房

一朵云

开在天空的花园里
一旦枯萎
天空，会轻几斤？

路　灯

挂在路的树枝上
天亮前仓促离开
留下一个果子
黑色的背影

伞

遮挡住了风雨的抽打
却没看到
我脚下不能省略的泥泞

坟　墓

里面黑灯瞎火的
走出来的人
却很透明

老去的生活

老去的生活像一块生锈的铁
挂在屋梁的蜘蛛网上
我们说过的话，走过的路，爱过的人
在发黄的空中悬浮着
一缕掉了牙的光线闪过
掉下一块小小的黑斑
空洞的陈旧更显荒凉

我们曾经在石头中发育成铁
做过生活的斧头和镰刀
那些短暂的锋利和光芒
穿着一层忧伤的破衣裳
内心的硬，遮不住生活的真相

桃花，我与你相见恨晚

应该在哪棵树上相过亲
十步之外看你，我邻家的小妹妹
胸前绣着几朵粉红的阳光
俏丽，可爱，只是眼神有点着急
风路过的时候，不往前走
想和我一样，戴红花，做新郎
给盛开的春天，发一把喜糖
来不及走近，蝴蝶就一群群飞来
你刹那就张开樱桃的小嘴
幸福在树枝上轻轻抖动
也许一错就是一生，风哭了
十步之外，相见恨晚
我的桃花妹妹，你已不会
为我穿上好看的嫁衣了

第五辑

春天之外还有春天

这一年

这一年，我不知是把自己
收得太紧，还是
放得太宽，是把谦卑放得太近
还是把梦捏得太圆，这一年
我曾在一枚落叶上，拾起
一个美貌的秋天，这一年
我曾在一根白发上，寻找
路的影子和时光的沦陷
这一年，我先是努力地把黑夜
熬成白天，再小心翼翼
把泪水提炼成盐
这一年，我有时很小
小得像沙粒，小得我自己都
无法把自己看见
这一年，有些人像风
被吹得很远，有些事像茶
被冲得很淡，这一年
幸福不是成群结队，就是

被化整为零，这一年
我明白我今生未曾拥有的
注定是我前世未曾珍惜的
而我今生拥有的，注定是我
必须回报的，这一年
天还是一样的蓝
地还是一样的宽
只是我的酒杯倾斜，洒出了
几滴愁烦，几滴期盼

腊　月

这月份雨夹雪，雾抱山
就像心，挂在光秃秃的树干
风一吹，让人感到一阵阵危险
可以确定的是，这月份
离春天最近，却离温暖最远
它既不属于爱情，也不属于忧伤
我不知怎样的比喻更恰当
更无法掂量出它比我此时的沉默
是重了几斤，还是轻了几两？

我不动声色地修改着窗外的雨声
修改着寒冷的温度和方向
像一树柔情的梅花，慢慢地
用优美的姿势，把这个月份熏香
其实这个月份，除了严霜
也有的厚实的期望和质朴的阳光
叶落得越多，天空会更加明亮
冰冻得越厚，大地会更加光芒

我可以在这个月份把泪制成盐
再把半生走过的路腌后风干
脚印，是故事，也是标签

这月份往前一迈就是一年
忘不了的幸福，忘不了的孤单
像我脖上织满回忆的围巾
有时黑白分明，有时若隐若现
我不知一段路丢了，被谁捡走
这段路是崎岖还是平坦?
是宽容还是背叛?
但我知道这月份就是一个小站
我再怎么挥手，再怎么呼唤
都不可能，回到从前

夏 恋

夏季来临
捧一朵初吻，荷叶田田

仿佛在塑造什么
仿佛在祈祷什么
精致的心思似莲花
一瓣一瓣，任露中透出蛙鸣

我的目光不甘凋零
变成六足四翼的爱情
像蜻蜓一样
使欲望透明
心灵震颤

倘若这朵初吻背弃我
我愿悄然死去
殉情为夏之标本

这个冬天不好不坏

这个冬天，不好不坏
一场雪，从梅花的暗香中飘来
纷纷扬扬的白，照亮了我的喜悦，我的悲哀
我看见河流哭着奔向大海
我看见西风骤起，夜里的寒星
犹如一粒粒老去的尘埃
我知道我没有资格说我孤独
如果我孤独，我脚下冰凉的枯叶
又该不该流泪，该不该痛哭？
那么请允许我用鸟儿的叫声做祭品
赎回埋在雪中的洁净时光
允许我用午后的寒风，摇醒
蝴蝶眼中三月的风景
允许我用温暖的诗句
抱紧雪花中湿漉漉的爱情

这个冬天，不好不坏
一场知心的雪，几朵爱人的梅
让我的心跳有时快，有时慢
有时明亮，有时暗淡

子　夜

此刻，风睡去，雨睡去
巨大而沉重的夜，是一块铁
炫耀着它坚硬的黑
梦是我枕边的唯一光亮
却像流星一闪而过

子夜，我以笔做枪
向夜的深处射击，然后
调转枪口，对准自己
漂亮地
扣动扳机

残　秋

记忆全部埋在落叶之下
阳光穿透忧伤
如同，穿过迷雾

多少果实或被摘走，或在腐烂
这干枯的枝条
不知道我在眺望和惋惜什么

苹果上晨风涂抹的曙色？山核桃
被雷声砸出的硬核？
梨子中雪色的怀念？野葡萄
毫无修饰的爱恨……

“笑容可掬的山丘”变得愁容满面
一只白雀，留下
一团阴影

这多么像我爱情枯萎的季节
再没有果实让她饱满
再没有喜泪，盛在小金盏花里

窗外在下雪

窗外在下雪
亲，你为什么让我这般孤独和寒冷？
心空放满幻想
我最思念的人儿是你
天才红颜，诗歌知己
你不来，钻进心脏的虫子相当痛苦
痛苦也有火焰，它懂得燃烧
你不来，我看不见
苹果相撞
月光在骨头上镌刻忧伤
你不来，我等于死掉！这受阻的爱情，多么的
像铁路隧道群，黑暗，深邃
一个洞连着一个洞
让我的欢愉蜉游一样速亡

窗外在下雪
亲，一念起你的名字
我便温暖
浑身的红梅花儿
悄悄绽开

伤　夜

你走了
走在四处种着寒风的冬夜

如友的蟋蟀又来
一夜间，催桐花冻开
我们的海誓山盟
苦涩且幽芳

不是说好要去太阳岛吗
不是说哈尔滨的冰花开得正艳吗
你忘了，全忘了
就像三月的体温
骤然降回到零下……

墙上的六弦琴
没法让我找准那根心颤的弦
我的心
僵凝成一具空空的琴壳

装满热烈和寂寞

你走了，桐花开了
唯你的笑靥在花心
把夜夜刺激得既伤感又失眠

看太阳

我一生都爱看太阳
黎明，眼睛一醒
太阳就照亮了我一天的生活
上午的太阳有一种爱人的光
暖暖的暖着我
最美的时刻有一对白鹭
从我写诗的纸上
梦一样掠过
正午的太阳情感猛烈，像我曾经
爱得痴狂的时候
此时我选择休憩，在莲池怀边
在我家的花窗背后
下午的太阳像壮年转入暮年的男子
情绪舒缓宁静，阳光散发出疲惫
却飘出几声难舍的石榴味
当一天的太阳
被我看见圆满的句号
那些胭脂状的铁末
正在转为曙色

十月是秋天的一枚果子

十月不是收获身边的一个词
它是挂在秋天胸前的一枚果子
怀着内心喜悦的村庄
草木的香气压弯了日子的腰身
泥土伸手打开风的窗户
就看到满地的金子在镰刀上
稻田一样起伏翻滚
而与我结亲的那枚果子
果肉里包着阳光，果核里含着风雨
是不是就变成了生命的一部分
也在秋天
等待着十月这枚果子的收割？

立　冬

天空越来越矮，一朵朵冰冷的云
不断碰撞我的额头
在这高处，松涛阵阵
仍有红色的野梅，准备绽放
我不想问大雁的去向
也不打算跟乌云定亲
我更没有把天空写得更宽的想法
我只希望，冬天很大，山峰很高
有豹子的利爪
像我灵巧的诗句，在灵魂中
携着火焰，踏雪而来

有　时

有时，太阳站立，光芒却蹲着
有时，花朵枯了，蝴蝶还在香气中湿着
有时，一个词失态，文字却潜伏着
有时树很静，山却猛烈地晃动
有时我想敲下一块晴朗的天空，得到的
却是片片乌云的碎片
有时我和镰刀一样弯着腰
土地没给我一粒谷子，给我的是
一茬茬很矮的月光
有时，刚把闪电留住，雷声跑了
有时，梦钻得很深，黑夜却浅在脚背
有时河流很长，流出的回忆很短
有时春风没到，雪就融化了冬天
有时天空被海压得很蓝
有时风被鸟声吹得很扁
有时身体走了很远，灵魂却在原地
低空盘旋

冬天在我手上飘扬着雪花

刚刚遇见寒梅
冬天就在我手上
飘起了雪花
十个手指有枝有叶
指尖上飞舞着
一群轻盈的玉蝴蝶

雪花用翅膀把冬天擦亮
梅花用翅膀把蝴蝶擦亮
我用翅膀把雪花擦亮

这时世界没有乌鸦
乌鸦
在我昨夜的手掌上
一堆堆融化

大　雪

大雪一飘到你的脸上
我的心就开始结冰

许多年后

许多年后
我拿着一本自己的诗集
走进城市的新华书店
那些平时自以为是的长短句
不断向下扯我的手
怎么也不肯走上书架
一脸通红地蹲在角落里
原来书架上站着李白、杜甫、聂鲁达、艾略特
还有把诗唱成摇滚的鲍勃·迪伦
他们的眼睛并没看我
我的头顶还是一阵发麻
诗集的封面开始漏雨
封二的简历像一片混乱的草地
那张很薄的头像慌张地躲了进去
我赶紧夹着诗集跑出书店
刚推开我家院子的小门
屋顶的鸽子吓得四处乱飞
像我以前放养的那些词语

冬天的花

如果你开得很小
冬天，会找回大雪做的风
把你认真地留下

如果你开得很大
惊动了矮小的天空和我的头发
你疼，我也痛
大雪就不做风了
它会折断白鸽留下的翅膀
送你回到不知名的老家

画　夜

点燃一支烟的时候
黑夜正跌入古井
那疮痍满目的窗外
几朵玫瑰悒悒不乐
轻烟如尘
顷刻间将你的头颅淹没
恹恹的眼底
泛起歔欷如梦的碎片
废墟漫延开来
给你心的高地
蒙上黑洞炸裂的悬念
你是曙光的最后殉难者么
夜色很重
寂寞蹂躏着花朵
你站在一颗星星背面
在剜肉般的疼痛中沉默
你腾烟吐雾
把自己抽象得不朽而且深刻

雪在等待什么

像大海等待波涛
像天空等待云朵
像鸟群等待起飞
像桃树等待花开
雪，在等待什么

雪在等待燃烧
雪在等待融化
雪在等待写诗的手
摘来一枝梅花

雪不等待什么
雪只等待自己

冬 至

冬天从不迟到，翻晒
旧棉袄的人，开始想念阳光
梅花试着含苞
白雪试着喊叫
这么多的想法一起出动
追着咆哮的寒风短跑

闪电跌倒的地方

扛不住沉重的夜，闪电
从黑暗里逃生，它耿直地插下来
撞碎了悬崖上做梦的石头
撞断了一滴水牵着的河流
最后，它跌倒了，它的血
溅在一棵大树白色的根须上
那里，倒挂着一群
正给大地鞠躬的雷鸣

腊月，就坐在一碗热腾腾的粥上

分不出是雨抱着雪，还是
雾抱着山，腊月
挂在梅花的枝头，风一吹
就有一种飘落的意向

风不动声色地修改着
枝头上雪的重量和方向
一片片白，掉在腊月的肩膀上

雪下多了，天空会更加明亮
冰冻厚了，大地会更加光芒
丢了的蝴蝶，寻找着花朵的翅膀
枯干的树枝，喊叫着绿色的鸟鸣
炊烟袅袅的大地一翻身
腊月，就坐在一碗热腾腾的粥上

你来的路上雪好大

亲，你来的路上，雪已大得没过腰
才开的梅花都压垮了
风也是烦，一直对着你的方向吹
轻轻的你，不会被刮跑吧
我和你，就隔着一座苦涩的山
一块下雨的天，一条小声哭泣的河
你来，就变成高铁，变成飞机，变成火箭
变成宇宙里最快的飞行器，直端端的
扑向我，相信数学，两点之间
直线是最近的亲，最不拐弯的情

亲，风大雪深，你别来了
还是我去吧，就算雪埋到头顶
还有你的眼睛，就算花都碎了
还有你，为我开着

爱上这温暖的世界

大雪无情，拎着一座大山出走了
八万里的白，没有照亮等春风的人
这世界，越想周到，残缺的越多
就像这场雪，把太阳推远了一夜
把小草的家园压垮，把冰块
搭在梦的白骨上，大雪喊不回
流水里的落叶和蝴蝶纷飞的翅膀
天空还是天空，只因这场雪
少了一小块阴影，人间的烟火
不会为这场雪的转身而熄灭
挂在夜空的河依然闪亮，挨过冻的泥土
为花朵的婚期编织芬芳的地毯
布谷鸟从春水的岸边起飞，嘴里衔着嫩绿的树枝
脱掉旧棉袄的人们，抓着一把种子细数着不远的秋天
请你心怀慈悲，爱上这温暖的世界
生冷的大雪，已焐热了日子的膝关节

春风到底吹向哪朵花

从早到晚，我用一天
想着春风可能奔跑的道路
看着它到底吹向哪朵花
君子兰，红玫瑰，或者是
瞪着眼的金鱼草，伸着指头的百枝莲
想着，想着，一只白鹭飞过
影子落在夕阳，这一天
多么的短，怀念和哀伤
始终没有机会交谈
天薄地厚，云水无言
我十二小时的桃花满面
却没找到一秒可以依恋的春风

春风是可以握住的花

不知春风将以什么样的角度吹来
俯视或仰望
都不能看到它的抵达
我无法说出更多的怀念
只想在一块石头上
与它悄悄会面，敞开重逢
或许身体是扇虚掩的窗
挡住了黑暗，挡不住阳光
关住了摇摇晃晃的骨头
关不紧进进出出的灵魂
随便找一只梦醒的蝴蝶
都有山的出口，水的叫声
春风是可以握住的花
正如深夜握着星光，死亡握着生命
正如现在，我手攥着鸟鸣
和春风并排吹走半个夜晚
一个早晨

春天之外还有春天

我确信春天之外还有春天
才把心许了半颗给花蕾
那些被风吹走的蝴蝶
那些不愿采糖的蜜蜂
一定在春天之外
搭建着另一个春天
那个春天也许没有雾霾
雷声响起时很小心
雨下起来也是萍水相逢的甜
就连才睡醒的一群蛇姐妹
也会穿上新衣裳
问候从这边去看花的人
那边的梨树很有想象
枝上挂的是一个个小月亮
红杏在那边也是成群结队的开
再也不担心孤零零地伸出墙
我真想到那个春天去
找到那个百花不知枯萎的世外
梦一躺下就敢放心安睡的桃园

最好的春风

最好的春风是自己领袖
遇见山，掀起石头
遇见水，就向着大海流
它们的身体始终前倾
不为倒退的雷声伴奏
不给暴雨一小缕温柔
它们知道，顺着花走
翅膀才会变宽
跟着太阳，骨头才能变暖
它们愿意走到高原把雪山摘走
愿意飞到天空把雾霾穿透
它们把树上的鸟儿当做朋友
自己的叫声就绿在枝头
它们一生累的伸不直腰
却从没在一朵花的蕊上
留下一声喘气的心跳

小草在阳光下弯着细腰

一棵长着虫鸣的小草
在阳光的照耀下弯着细腰
它眼里的露珠掉下来
摔碎在脚下的泥土上
给大地铺上了一层薄薄的亮光
它身边的坟茔
不分昼夜地向上长
最矮的墓碑
都高过了它的头顶
一年遮盖着一年
小草就这样弯着细腰
像一根支撑着天空的拐杖
在苍茫的雁叫声中等待春风
从没因天黑地冷
去点燃身体内的野火
小草是知足的植物品种
不开花也不结果
只把自己瘦小的名字

托付给来来去去的云朵
它一生都弯着细腰为土地鞠躬
那朴实的姿势
跟田里插秧的人没有两样